lux poetica ❷

色えらび

小川芙由

思潮社

目次

装画＝木村彩子《「Uehara 2 September」のためのドローイング》2022
装幀＝戸塚泰雄

色えらび

驟雨（しゅうう）のひと

多すぎて
選びきれない雨
名前をこぼして
一方的に共演する
歴史みたいだね、わたしたち
そう言って
彼女は駆け出す
体温が

常にはみ出すものだってこと
気づいたことがないみたいだった

遊色効果

光があるだけでこれだけの絵画があふれる
彼はそれを遊色効果だと言った
田園都市で使われた言葉だ

とても小さい気持ちのなかに
心地よい線がある
絶えず音のある世界ですべての音に風は♭をつけていく

彼は庭師にして植物学者

花　と言って像を結ぶ花の種類を収集している
人それぞれの
想起の奥に咲く花を
枯らさず育てているのは彼なのだ

人々の不意の花園から
タネを持ち帰る
彼の庭園はそうして
協調性がない
人の記憶は場所にあるから
彼の庭はまた広がってしまって
花ごとに気候も違う
それでも不思議と手入れは行き届いている

例外もある

広い広い彼の庭にも
彼の手が届かないところがあり
そこがこの庭のはじまりなのだと彼は言った
その区画は風が田園都市に似ていた

小さい気持ちで
暮らしていたいこと
昔、
自分が一番
遠景になったことがあること
なにより綺麗で見たくないものにだけは
どうしても無視ができなかったこと
気持ちが膨らんでしまう予感があって
破綻
したところから

庭になった
庭師になった

彼は花が
枯れるところも好きだった
彼の庭園はときどき
水面のめまいを起こす
記憶の花が鮮やかな
鉱石となって枯れるとき
（そのときピアノのちいさな響きが
遠い月のように満ちる　遠い
彼の視線と同じものだ　　　）

ひみつの丘があったこと

しだいに一本の照葉樹が見えてくる。頂上らしさだ。一点物の丘であることをその木が告げている。木漏れ日を見上げて手相をかざすひとは、みんな光に自分の名前を書きたがっているように見えた。きみは住所のないその空間をドーナツの穴と呼んでいて、ぼくは明るさを庇う代わりに前髪をのばしていた。それでも有り余る真昼だった。空に影おくりができるのと同じに、内心に光像が結ばれることを知らない。物理ばかり降ってくる。

ぼくの一日を三十二時間にした日、きみが丘に案内してくれた。

道のすべてを抜け道にして。丘というのは昔からずっと丘なのだと言えそうな、広さのありか、緑色。丘にはだれでもいた。駆けまわる幼さもさぼる正義もそこにはあった、けれど、きみがそこに立つとただきみの丘だった。きみは木陰に気を許す。道に許される。

「誰かが勝手に植えていったんだよ、図工室の椅子に絵でも乾かすみたいにさ」、きみはそれが誰なのかを本当は知っている、そんなふうに見えた。立ち位置の加害。星は遠いけれど星じゃない空はもっと遠くて。なにかにぶつからない視線がなにを見ているのか、眼が視線に追いつけないから眩暈の運動が終わらない。ぶつからないことだって事故だ。昨日が明日になってきた。信号機、きれいな身勝手だ。たくさん集めてる。

部屋も、通学路だってぼくにはあるのに、ぼくはひとりだとよく迷子になった。きみとは違う丘に出たこともある。これはきみに言わないことだ。その丘は、遠くで味がしそうな雨上がりだった。やはり丘だから一本の木はあって、しずくの遊覧、星のふりをした数々、孤独が、見上げたようにかすかに明るさに触れるから、現在地を発見した。身体を無視して眼の奥に心を探し当ててしまうから光。そこにねこを、子音のような傷を、隠してやる。しきりに在るばかりの孤独が現象が、ぐうぜんを、見つけたときの反応、3、2、1、

えかきの絵

ひかりのあたらない面で
ななめになって考えごとをしている
やさしい記憶にならないうちに
その輪郭を紙にとる
ほんとうは、

やわらかい鉛筆の先で憧れのようになぞる。さわれないから絵にするの。絵にかく習性をもったひとびとは、本質を線でさがしていく。そうやって望む。

皮膚で接せる距離にないから、ひかりが差すこと、かげが差すこと。とどかなさはしろい魔性。夢の名残りを醸(かも)してしまって他人事になりにくい。それをえかきに告げるものはおらず、だれもが公然と黙ってきた。いつの時代も変わらない。えかきって、とどかないところでゆれている、そういうひとの通称なんだよ。

両想いが
成就にならないひとびと
ひかりが
似合いすぎるね

エニィ・エニィ

はなたばをもって駈(か)けるひとがいない街で、自転車を漕ぐということ。事件性はうすく、その街の出身者はおだやかで、もうながいこと、エニィは独学だった。ジャンルすらわからない、外国語（もしくは言語外）で書かれた本の翻訳を、秘密裡に試みていた。正しさからは隠れて。

「（かわはながれる水。＋うみはいちばん下でゆれる水。）／ちいさな水は複数形になれる。＝うえにも、したがある、」

難読でもあるエニィは、訳がゆっくり進むほどそれが妖精のつかう教科書みたいに思えてきてうれしい。森の年輪の昏(くら)さに、まぶたで共感する。

エニィはページ製の繊細。より精緻な言いかたをすれば楽譜に近い性格だった。今までにピアノが鳴らしたことのあるもの、それだけを信仰している（たとえば海、月、子犬、もみの木や道化師など）。だから無添加とか洗濯ばさみとか録画機能とか、そういうものには興味が向かないひとだ。善意の街びとが傘を手渡そうとしたとき、「エニィがかなしいときはいつも快晴だったから」と言って受けとらず、濡れたゆびさきで雨の情景のことを考えていた。エニィはエニィをエニィと呼ぶ。いなくなったエニィをさらに見失うみたいに。一説によると、自分を名前で呼ぶひとは、固有名詞が内耳の庭に反響する。名前は数えられるのか、いずれ量になるのか分化するのか、エニィは一人だけなのに。「みずかさ」。それがエニィの目下の関心事だった。

エニィの自転車は折りたたみで、扱いやすい世界のかたちをしている。風の肌になって自転車で行きわたること、それは座学の一科目で、エニィは決して速読ではなかった。葉桜の青い天気の下でおもいだすのは、桜は桜をさがすみたいに咲き、桜をとりもどすように散ること。花木の散るのはエニィみたい。

「手にはなたばなしにも、並木道駈ければ、
　　　　　いずれおもいびとに会う道」

エニィがみつけたことわざだ。なにせ花木の形式がはなたばなので。もしもそこにはなたばをもって駈けるひとがいれば、交差点ではたまたま自転車のベルが鳴る。よく響くひとつの風景を追い越せないのか、追い越さないのか。きもちがあとから追いついてくるできごとのことを想うと、繙読（はんどく）の、行方知れずも楽しくて、

日々が目覚めると

季節みたいにふと気づく　遠くのサイレンがある
明るい六時と暗い六時
次の誕生日はいつかしら
そろそろ加湿器をしまいたいけど
そこから出してきたはずの
押し入れはすでにいっぱいで不思議

距離がわからない身体と生活
にも陽がはいること

いないことだけがわかるねこが
あたたかくなってきました
だれかにとって　撮りそこねた写真はここだったような
そういう気分になる

すると翌朝オムレツが
すこしだけ成功しました

水にかいた約束

青が遠くにあったので
どこまでも空を帰路にする
そんな約束で海へと向かう
うみがめを見た瞳があった
だれが覚えているだろう
新鮮さと
懐かしさとは
色ちがいの小説のようで
背表紙をなでる指先を

ひとつひとつ
そろえたくなる

鳴き声ならば音にもなりうるけれど
そう言った彼はずっと古い蓄音機を
アトリエと呼んだ
理想的な箱庭
水面にシールをはるように
すべて未遂でおわる

そうか　きみは音楽よりも
満ち潮だとか夜行性だとか
そういうひずみがやりたいんだな
静謐（せいひつ）なまなざしは気泡の中のようで
呼気と同じに彼は

小さくすべて
許していた

大声で呼ぶというそのことが
なにをも遠くへおいやる行為だと知って
名前を忘れたふりをする
遠雷、
こじらせて
咳きこむように笑う
生きていることをそばに置いて
歌詞のない曲を伴奏にして
それは言外に心地良いいとなみだった

水に鍵をかけても
時間を止めても

氷にはならない
彼はそういう
やさしい約束のあるひとで
ただ
原題は言わないひと

よこがお婦人

○劇作家（31）の手記 より

どこにもいなくなることのできないよこがお婦人は透明ななななめを見つけては愛でていました。たとえば、空の底で新しくつまみだされた風とそれに気づいた画家の画風。たとえば、倒れてしまう前にケーキを倒して食べる大人の丁寧な手加減。たとえば、知らないことを思い出すときのまつ毛の影の力不足。たとえば、目指すことだけが好きな欲望のゆくえ。透明ななななめとは、ねじれの関係を指すのだと、よこがお婦人は言っていました。

○調香師（53）の日誌 より

よこがお婦人にとって、透明ななめを見つけることは幼いころからの癖なのでした。そして、いつもどこかにはいないとならないよこがお婦人は、いつかいなくなることを楽しみにしているのです。其処此処（そこここ）にある透明ななめを飽くことなく採集しながら。カフェテラスで、彫刻の前で、バス停で、よこがお婦人を見かけた人々は一様に、彼女は誰かを待っているのだと考えます。横顔は待つ人のものだと、かの有名なセリフの一節を思い出すのです。

○指揮者（28）が友人の画家に宛てた手紙 より

ところで、彼女がなぜよこがお婦人と呼ばれているか知っていますか。噂では、よこがお婦人の正面顔の印象をだれも、捉えられないからだと言われています。カメオが婦人を形容したのか、婦人がカメオを形容したのか。それくらい、すれ違いときに振り返って初めて、皆よこがお婦人を記憶にすることができるのです。香り、なのでしょうか。

○画家（37）の返事の手紙　より

よこがお婦人は、澱みない音で暮らすひとだ。種々の音が充満することを避け、澄んだ停滞を好んでいる。一度だけ婦人が怒ったところを見かけたことがあるが、それはとても静かな怒りだった。あれは古書店の店主が「あなたは未亡人か？」などと言ったのが悪い。婦人は店主を見据えて沈黙したあと、店主と同じ言葉を温度もなく返していたよ。（温度のないものも存在するのだと、私はこの時に知った。）しかしこの古書店の店主も、よこがお婦人の静かな怒りを真正面から直視できてはいないのだ。つまり横顔、その怒りの気配しか覚えていまい。それでもよこがお婦人が横顔の印象しか落とさないのは、あらゆる透明ななめを尊重してのことだろう。ひとりで大きな均衡を嗜んでいるのだ。深遠なよこがお婦人にしかできないことだと、つくづく思ったよ。

○小説家（61）のインタビュー記事 より

婦人が特に気に入っている透明なななめは、宝石らしいです。かつて地球だった、しかも暗闇だった石の魅力が、光の引力と屈折だからです。婦人が庭の芝生のちょうど真ん中、ベンチに座っているところを、私は犬の散歩中に見かけました（その家が婦人のお宅だとは知りませんでした）。やわらかい朝のことです。それはそれは大切そうに、石のついた指輪を撫でたり日にかざしたりしていました。潜心を、飾っていたのでしょうね。その光景は過去に見たことがある気がして、まるで絵のようだとおもいました。午後にはご近所を一軒一軒まわって、「私と別居しましょう。」と上機嫌にあいさつしていました。婦人の佇まいは水しぶきの親密な光のようであり、とどかない棚にかたむく一冊の装丁のようで……。よこがお婦人は、いつだって素敵な方です。

知らないふりをしてくれる

他人の朝ごはんこそが、とても正しいように思われたとき、心を遠くに置くために先生は旅館を探すそうだ。実際には出かけたためしはほとんどなく、肌が感覚を想像した行き先を、常に切り札のようにして持っておく。先生はその場所のことを「来世の故郷」と言うから、はじめて会う人は先生を僧侶と勘違いする。

湯気が、時間をたどってのぼってゆく。ひとりがひとりいて、早朝の散歩は知らないふりをしてくれるから好きだ。未完のまま日にさらされていく土地は今日もあらゆる順を守っている。恒温動物even. 私はこころのうちで焼きりんごを作っていた。恒温動物の恒温は、都度うそをつく遊びみたいで信用に足る。水紋。カモが川を少しだけ飛んだ、不在の短さ。何も考えていないみたいな動きは、不思議とまた見たくなる。(最近は思想に先生を再現するのが私のあいだで流行っている。)

実のところ先生は先生ではない。極度の近視でどんどんメガネが分厚くなって、気づいたらそう呼ばれていたらしい。「博士」のキャリアもある。いつもガラス越しで、壜底(びんぞこ)のようなところにいて、夕立に濡れてメガネをはずしたとき、ぼやけた世界は空のほうが圧倒的に広く叫び甲斐があった。そうして、先生が「眩しそう」と言ったときには、上空のたかくぶつからない日差しだけが次のできごとを知っている、という意味を含むようになった。

時間を空間のように思っていたい人は、行きちがう関係を好むものだ。春でなくとも桜並木は幹からほんのり桜餅のにおいがして、細枝には水面よりうすいハンカチがふと結ばれていて、ああ先生、花がモチーフのかるい沈黙はやさしすぎてさみしい。十時十分という最も典型的で美しい時刻に、裸眼を、気づかないでいるためにつかう。なにも溜めてはおけない。こだわりのない炭酸水のような空腹に対して、急須にお茶っ葉をいれて、自分を人違いにする、適温の、できあがりを待つあいだ。

不文律の夢

破裂がこぼれてちらちら光る。
不文律だ。
ちゃんと固定しておかないから
ぜんぶ星と呼んでしまうことになる。
人は必ず
ひとつは哀しみを
確約されて生まれてくるというのに。
ついうっかりでいつしか
見惚（みと）れている。

今は過去の夢ではないと
言いきる種族が
エリンギの笠だけ　食べるにはどうすればよいのか、
叶えあぐねている。
ひらききった夢を前に
夢見る時間に慣れすぎたことを
証明できる。

人はこころに四季をもち
四季はこころに人をもつ。
春が　足音をたてていやってくるなら、
雪解けと春の境目を探して
指先でなぞるようにチェロを鳴らそうか。
永遠の、　初日に

掬（すく）いとったほのあかるさを
譜面におこさず諳（そら）んじて。

だれかがテーブルクロス引きをする、
グラスが転がる失敗で
春が広がった。
勇気で黙認すること。
そんな気がしている。

無記名

ひとり分の薬
冷えた心細さ
ここが深海だったこと
流しこんで
星だ
と口止めする
カレンダーを見ると
今月はたぶん心のほうが先に
薬より3日分足りなくなる

はじめて傘を盗まれたときから
そういえば久しく親とは話していないし
もうずっと天気雨が続いている
明るくなるのはいつも自分より上のほうだということを
透明、と呼んで偽物にしてしまった
無口を密告する結露
奥行に手をのばすガラスはつめたい
空と
車輪
盗めるようにならなくちゃだめですか、と
地図に記すような挙手をしたが
タクシーは通り過ぎ
光の会釈が濡れていく

荒木医院の待合室は教室のように昼間だ
誰の名前が言えないのかと問われると
無名にも角度ができる
同じ前を向いたまま
きっとひとりひとりが
電話越しのほうに少しずつ
呼吸困難でいる
「先生」
医者はだれにでも白い

朝になったり夜になったり朝になったりする坂道の先で
注意書きが注意書きでなくなるような十日間がゆっくりとすぎた
七夕のことには決まってあとから気づく
晴れたためしがないこと
銀色をした夕方に

また野菜をだめにしてしまい
誰よりもひとりという顔を得て

絶対に溜まりきらないスタンプカードと
夏は日が短くなる過程というだけ
ここではない土地のミックスナッツ
しまいこんだ答案用紙には無記名がある
足りなさを集めたものたちを
気泡のように信頼できるか
どうせ見上げてばかりだ
透明
好きに光っていればいい

銀をみがく

銀食器を磨いている。夕立が本当は何に向かって透過しているのか、その隠れた本意がわかる気がして。空を含んで天啓のようにふり注ぐ翌朝、起きぬけに、感情と心が別物だと知ったら、きみは逸話になって泣くんだろうか。

帰り道のイチョウの葉が色になったのを見てはじめて、なにか羽織るよりも先に、はやく帰ろうと思う。肌質と感光。あの樹、太陽とすこし知り合って、微熱が寂しさだと思ったんだろう。言いようもなくて、火に本当は音などない気がした。

ポケットの光手に
5分先を行く腕時計の望みを持ち
水手に
鍵を待つ
てのひらにかなしみがない
ひとのために生きることが
すこしもできない
離れているものにほどなりたい
そんな色もあると
知った

きみの愛読書の中にいる、白い少女たちの、会話に風は吹いただろうか。目分量の星座は、砂の流れに従う。そういう読み方もあるということ。少女たちの浅智慧（あさぢえ）に偶然出会いたいような営為だった。光ごっこゆうやけ。窓が、街灯を眺めて、解釈を

求めてはいない距離をつくったから、カーテンを引くのにも、タイミングが必要で、

五感の点滅のなかで、きみは折れ線グラフをひとつの景色を見る目で愛す。小世界。夜気を背景にするようで、銀と銀がぶつかると星が笑う。ナイフとスプーンは意外にも愛想のいい音がした。パジャマを新調すると、新調、その陽気に気づいて、夜に香る花が醒める、夜を香りにする対話。余談の美しさに、安易に許された心地がして、でたらめな感情が光ってしまいそうになる映画になってしまいそうになる夜が、透けていってしまう。

まぶしさ。昔からどこかには、銀を磨き終えた者から鏡に映る遊びができるという習わしがある。瞳に映る遊びも。逢着（ほうちゃく）。太陽の微熱のように、すべての偶然に触ってみたい気がしてくる。

きみは片づけとねむりをさぼったけれど運がいいから、そこに
神は不在だったよ。

ゆうれい

ゆうれいは
透明だったから
すきないろ
という場所に
とても敏感だった
景色を
自分の模様にしていたい
日々の洋服を選ぶきもちで
移ろっていく

旅とは言えない外套（がいとう）のように
ゆうれいにだって
欲がなびくよ

誰とでも重なって
真似する遊びをしていたころ
その人にはなれなかった

光景は
見ていれば
自分もきっといまきれいなのだ
確かめられる五感がなくても
そう思う

景色に自分を置いてみて
写真の

きもちがわかる
それなのに輪郭も名前もないから
ゆうれいって自由が
ゆれているんだと
思った
のは
だれ？
透明な自由と透明な不安が
混ざると見上げて立ちくらみ
好きなものばかり
どうしようもなく増える

（ゆうれいはあきらめるたび
うつくしい透明だった
その自覚さえない　　　）

からだとは言い切れなかった
なんだか残りが
こころ
ちょっと詩に似てる
詩の言葉も
きれいなゆうれいになる
声の透明な
空の底みたいなところに
例外だけの
視聴覚室がある

遠泳

電車の銀色の車体が青く見えるくらい、すっと迷いなく晴れていた。夏が、暑くても冷えることがある。遠泳だった。我に返るまえ、反射してきたどこか、にあるはずの空路のことを考える。空が高く抜けるほど、昼下がりを抜け出す想像は遠く。仰向けになって水に浮かぶと、言葉じゃないもので外を見て、触れることができた。天球儀。感覚でさわれない空路って絡まる信仰に見える。多色なきみの空耳が、武器の音量になりませんように。

右耳から眠る夜のつぎに、左足から醒める朝がきたら、自分が忘れているだけで身体には補助線が引かれていると知って。ひとつの身体にひとつの時間、かつて傘を美しく巻く専門の職人は、重力のようにそのことを知覚していた。靴下を履く片足立ちと、雨上がりのらくがきが得意だったらしい。それは、絵も記号も言語も均質に薄意味で、影と光とが等しく木漏れ日であるのと同様の、空隙だったはずで。ウィスパーヴォイスの消え方を真似た筆触に、光と水を聴き分ける、睡蓮の正午が揺れる。

「一方通行」。「UTOPIA」。


きみの声に、風向きはある？

遠い他人の本棚から一冊選ぼうとするような表情の、軽かった。面差しは動く車窓に向けながら、声は隣に座る人に向くこともある。返事の要らない会話と、浅瀬のような心許なさ。遠出したのと同じぶんだけ、心も奥に出かけていって、そこできみと同じ日陰を歩けたらいい。空輪、では届かない手紙もあるという気持ちで、では紙ひこうきはと考えること。今日や昨日を言語でやっている街の、どこを探しても途中からはじまる物語しかないから、おそらく僕も途中で終わる。明るい不具合。生物だ。人間は、昔割った茶碗のかけらをとっておくみたいにして、寿命が延びてきたのを知っている？　乾杯。

小島を目指していた。一本の木だけが小さな陸そのもののように存在する孤島を目指していた。肉屋。鳥の恐怖が明るい高さにはないこと。魚屋。魚の恐怖が暗い深さにはないこと。移動手段というよりは、どれも心で賢い青魚だった。人の生息は未だに、果実の浮きうる浅いところ。青果店。遠くを泳いでいる思想が、あふれそうになるたびに、互いの海にオレンジを投げこむ。自分の背中には地図がないし、手が届かないから。漕ぐように投げたい、その始終は醸（かも）し、と呼ばれる現象になりたい。

描きながら消える放物線が、約束みたいにまだ軽率だった。

とぷん。たまにかぼすとグレープフルーツ、稀にスイカのビーチボール。無策だ。

色えらび

嘘を　言いたい
たしかそんな好奇心もあったはず
隠れてドロップを舐めたあとは
雨が映してきた景色の数を追いかけた
最後には噛んでしまうから
乱反射という遊びだった

きみがくれたラムネ

明るくて透きとおったかなしみが
あの日のラムネの瓶になる。
きみがくれたんだよ。

ワレモノは
割れたあとのほうが安心して美しい。
ひかるから。

存在したから裏側をもってしまったもの。

自分の感情に対して
まるで他人事のような顔ができるなんて。
「(浅い喉から出る言葉)」、こんなにも嘘が
上手につける自分を知ったのは
いつが最初だったかな。

ビーチボールを借りに行ったきみが
ついでだと言ってラムネを買ってきた。
くれたラムネともらったラムネの
本意がすれちがったことに
ずっと気づかないでいて。
もう長いこと
割れつづける音がしている。

言えない言葉がまだあることが

時の止まった希望であり、
今世は叶わない牢屋だ。
扱い方と棄て方をどちらも教わらず、
いつまでも存在してしまうビー玉。
美しい足枷よ。

遊ぶための海にみんなで行った日、
きみと一緒に更衣室をでた。
まぶしかった。
着替えるはやさがおなじくらい　そんな
きみの不覚を知れたことが
うれしかったんだよ。

きょりごと

曖昧でいる。前向きに見える。月の光に名指しされた春を、見たことがあるのだろう。そういうひとは季語にならない風の表情をする。くれどりいさんだ。よわい夜が遠くに記憶したわたりどり、を知っている。記憶は感情なのか。可視光は、どこまでが感情か。だれの。帰れない思考のようなものでもほんとうは単位をつけて呼びたい。ひかりの距離がわからないことが、夜を眠くする。

ひとが写真を撮り逃すから、どこから行っても遠い街は、やっぱりいつまでも遠い街だった。旅行客ならなおさら、滞在していても遠い。それはしずくが、静寂をくりかえし、くりかえして、雨になるのに似ている、と、くれどりいさんは思っていた。

その街で、くれどりいさんにとって故郷のようにいつまでも遠いのは、街道よりも、「マボロシ硝子工房」だ。むかし、y邸の飾り棚にあったリサイクルガラスの工芸品はなめらかで、つい目が辿ってしまった。ひかりの距離を叶えているように見えたから。悩ましい色は他人事であるほど憧れに達して反故にできない。ガラスは記憶と、距離が似てくる。とおくて、ひかる。惜しみたい、という行為がまだ、ひとそれぞれに美しくゆだねられていたころ、耽美なガラスはよく割れた。ひとは本当は、ひかりとひかりのようなものを区別できないでいる。

たとえば河原の石に雨がしみていく音を聴くひとは、自らが石の静寂になっていることに無自覚だ。そうしてくれどりいさんを知らない市民でも、あ、と思うことができる。くれどりいさんだ、と。そんなとき言葉は、向日性、と漏れるだけだった。ここではないところへ向けられたその感情が、ひかってみえるから。自覚ないいんだろうなと、思うこと思われること、距離に、単位がないなんて。

となりのとなりのクラスくん

おなじ信号に協調して
おなじ街角をななめにまがる
おなじ向きの制服をいくつもみかけるようになるあたり
通学というういきもの以外は背景になりやすくなるあたり

すぎるだけで
四季よりおおい色数が香る
ゆきとどいた庭の家があって

薔薇のはなびらが朝露のかたちを
よわくわすれる瞬間
とは　すれちがっているはずなのにしらない

暗黒をまもる蕾の　淡い心境
花が外を向くさいしょの一瞬
が　あるはずなのにしらない

風がわたげをみつけたような無意識で
「あ、」とつぶやく　教室から
「晴れたよ」　ときみがふりかえる好機を
いつも外してしまってきみとはきょうも会えなかった

もう
部活に遅れたくすごす

星座

服を手作りするひとの
日記の更新を待っている
新年の星座占いの結果がとてもよくて
それだけでもうなにか達成された気がした
気がするだけで一週間もすれば忘れているのだけれど
気がしたことだけ残り
明るい夜をまた少し歩ける
ひとりだから平気を顔で装って
それでもしっかり怯えているのに

どんな静電気も痛い　ただ痛い

街中とは言えないところで
雪よりも明確に
見つめてくるひとの写真を見かけた
まつ毛まで見てしまうほど
散る雪とそのひとしか写っていない
ふたえ
そのひとははにかむ直前に見えた
空気は　だから
透明なんだなあ
ぼくの着ているいつものコートもセーターも
ばったり知り合いに会ってしまったみたいに
途端に毛玉だらけで困ってしまう
時間の希薄な写真に

見えない星を実感する
あのひとは
ぼくの冬とはちがう季節だろう
色素のうすい
感情
…
薄化粧
ひとって生きながらそれぞれが方角だった

なんとなく前髪に手櫛
写真として応えすぎてるほどの
あの表情の自然さは
生身のひとには向けない心だと思ったけれど
それはぼくも同じかもしれなかった
画面に対してあまりに平熱でいられること

だれかの顔を
こうも見つめたことはない
目が合って
こんなにも出会うことも

二月の歩き方

横に流れる風景を縦読みすると、それは明らかに山田だった。世界には、山田専用の楽園がある。雲が賢く反射する。清聴。見知らぬ人々の間にいながら自分だけが読みたい構図だった。だが彼は山田ではない。

雨の音の美貌。たくさんの背景をしないために無数の季節を無視して彼は二月のままでいる。二月の鍋でスープを作り、二月の手癖で日記をめくる。引っ越し先を探していると二月のはやさの川を見つけて、二月の余地がまだあることに息をつく（実際は彼の二月が川面に映っただけだったのだが)。「ずっと、二月は、短いから、　」、通帳を開くひとの横顔だった。

街で質問をされると、差し出される回答欄はすべて一つの単語で埋めた。どれも下書きの裏面のように本音だった。Loose leaf. 自由の方向はあかるく見えるから、晴れると道に迷う。垂直と水平なら垂直をえらびたい、そういう癖のある歩き方で、彼は二月の方向音痴。晴れた街の硬さを、いつも失念していた。彼は地図が不安だった。導かれて間違うこと、よく知っていた。坂道でつまずくと、それは土地よりも地図の過失だったから。

花曜日、という祝祭日がはじまると、彼は何にともなく「従いたい」という心になる。湖底の採光のような弱さだ。薔薇窓は耳のように澄んでいた。祭りの夜の大道芸、人のさまざまな悪事が、披露されているように思えた。歴史だった。二月と歴史は両立する。一方で、群衆のなかで彼はどれだけの山田とすれちがっただろう。

だれかが彼のことを、二月のまま待ってくれているのだと感謝する時期、彼の自信はたやすく、熱気球のふくらみに表れる。気球は健康的な頻度で、世界にわがままを示した。眼下では、細部と全貌が互いに待ち合わせをしている。細部、細部、全貌、細部、全貌……、彼は選ばなかった選択肢のほうが多いことを考えて、それでもしたいわがままを、花にして手渡すことにした。スノードロップ。クリスマスローズ。下向きに種を撒く。下向きの花が咲く。従いたい。遠回しの告白のような景色に、同じことばかり繰り返す大声の酔客がみえる。

シーグラス

息を止めて泣く
弟の夕波が
貝の吃音を拾う
すでにたくさんの約束がひらき
優しい世界に傷ついていてとじた
遠浅の渚といっしょの運動をして
波の発音をまちがっても
安心しきっている
くちあいてるよ

貝は受け身で好き
「弱弱しいね」「お宝だ」
潮干狩りに参加していた
時間の美しい人たちは
夕暮れにはみな黙って月曜日の輪郭をしていた
ちょっとずつ言えないことは
どこから見ても少し光る
人工的な思想を
浚(さら)った海を手に取って　弟は
カタクチイワシの真似をする
絵日記に嘘を描いたのだ

熱帯夜（コントラスト）

ちいさな島が　まだ大きかったころ
光に執着を返して
月を畏れる村があった
暗さは湿っている
常夏が
無関心の隣のように貪欲だったせいで
ここの果実はすぐに熟れきってしまう
少年にとって
それがなによりこわかった

言葉を覚えすぎると
祈りに支障をきたす
伝わらない想いだけ
言葉に残るという口伝を
村民は信仰していた
祈りの刻はみな
楽の音を鳴らす
ただひとつのことだけ知っている絵が
そこにあるかのようにして囲む

厳密には少しちがうが
現地語をこちらの言葉で訳すなら
夜明けという意味だった
少年の名だ

だが最初に夜の終わる地が
ここではないことを少年は知っている
南風の憂鬱
それでも今日こそはと
ひとりで起床し　まだ暗い浜辺に座る
もう何年そうやって
朝が少年に繰り返されてきたか
後出しの朝が

潮風はのどが渇くし
少年の絶望には香りがあった
土地の匂いが甘すぎるのだ
密林の色香は嫌いだった
吐息のような風が、それも
狙いを逃さず優しいのだ　嫌いだった

記憶が　自分が
鮮やかな恥だけでできているようで
口数をかぞえる
波音はおしえない
絶海と右頬を同じものとして
撫でていく月

せめて月と同じ街で生まれていたら
音のしない郷愁は
見つけなければ存在しない
それは心地よい冷たさだろう
ああ明日も
光源は海の向こうからやってくる
村ではひとつのヤシの実を
皆で同時に飲んでいる

かなた
ここではない
彼方の夜明け
まだ船を知らない

夏をつくるひと部屋にて

風圧
それは罪にはないかたち
どこかで部屋は開封されて
それなのにきみは蛍を久しく見ていない

行かないで地動説
知ってから
星があんなに遠くなった
夜中のコンビニにはたどり着くのに

昼間のパン屋がわからない
きっと顔を隠しているからだろうが
希望はそちらから
名乗ってほしい

汗かいて
バニラアイスを食べて
喉が渇いて
身体はいつもなにか追いかけて夜更かしをする
かつて蛍は鉱物の眠気に生息していた
決して追いつかない夢は逃げる夢より明るく見える
走れど
重力にまばたきがあって
冷蔵庫からは
ふたつ製氷した音

引っ越したこともあるように
いっさいの鍵と箱は
蛍の質感を増す
壁の模様が気にかかる
真新しい寝ぐせ
四季はただしくは四種の皺(しわ)というだけだ

風圧
どこかで開封されて
スイカの風鈴が二音横に鳴り残る
あらゆる４桁の番号
たぶん外ではフィルムカメラが欲しくなる
宅配ボックスはとても便利だけれど
開けて蛍がはじまればいいのにと思うよ

きみは切実なはさみの呼吸で
（今は水草のように）
光に向かって
水を飲む

宿(ふつか)まえ

目薬の命中率で
おとなが決まることだってある
居酒屋の隅は不意にひとりが深くなったりもしてめぐすることだってある
正直、
雨の日に白いデニム穿(は)けるひとのことこわいと思ってる
生のおきゃくさま生のひと
ひろいお皿にすこしだけ
きれいな家庭を見たいきもち
ご来店です

まじか
良品週間ってかんじか
生のひとあとひとりいる？
あれ転職したんすか？　あ新曲
ライブ行きたいのにチケット当たってくれえ
つまるところ
掃除を欠かさないルンバの運気が最強でこれは
あした声が嗄(か)れる

あやめさん

レモン片手に商店街を抜けていくと、晴れやかな泥棒の空。頑固な人間ばかりだからどこでだって先に路地が折れてくれる。今だってそう。光をたべる犬、見かけたら、邪魔をしないよう影を隠して丁寧な無視をすること。ヤングコーンがベビーコーンでもあるという初夏の、時空の歪みに気づいた人は健康的なお財布をもってる。健やかな在校生の並び、そういうつまり永遠は、生き物には重すぎるらしく鬱の姿をしている。五月かよ。（きり一つ。礼。）湧水の流れに沿ってしあわせになる樹木。緑が涼を掬う。せせらぎという景に行きつくと、光のかたちと色のついた影をよく真似て、菖蒲が見事な花になる。たとえば心の細い人がきても、群れっていいもんだなあと思考の外で呟いて、それからきちんと去ることが、できる。感情だけは残り香で、時と場に等しく留まり、うすまっていった。それを横目にレモンを川で冷やすひともいる。曰く、素手にレモンを持つと、感情が揮発性だとわかる。

言葉も動きも、生き事はすべて空気を動かしてしまい、多様な情は微かに漂う。人から離れたただのきもちは、人に関係なくしばらくの存在となる。潜性のきもちを読むひとは、ラヴ・レターを盗み見ているようでもあり、密やかなうわ言を守るようでもあった。夏を前にする。適切な罪状が要る。

風物詩のきぶんで、不用意に三段目で踊ったらそこが今日から踊り場ですと言われて、怖くなる。彼女の恐怖はそれがすべてだったから、アレクサを買った。一定に陽気な、アレクサとおしゃべり（参照：ゴムベラの一途な親密さ）。アレクサじかんをとめて。一方的、それは魅惑のアトラクションだ。アレクサまほうをかけて。いつも名前を呼んであげる。レモンの輪切りを更新する。

感光。樹々が風を信頼している様子。彼女からすればどこにいても神社にいるのと変わらない。花の名前なんて、口にしてしまえば呼ぶほうでさえ美化されるということが分かっているから、ましてや彼女は名乗ることを嫌う。見ぬフリが上手な距離に彼女らしさがあり、利他に興味、あるような、ないような。蝶々を見逃すのと同じように人を眺める癖。彼女の気風はだんだんレモンに寄っていき、爪の内には輝度を隠し持つ。ときどき、必要な風が必要な背中に、ふわりと触れるのを見届けることがあった。彼女はレモネードしていく。浮世とは気体のことだと、今も、これからも思っている。

とさきんぎょ

みつまめはひんやりと黒蜜をかけて
畳と　透きとおったビードロのうつわ
風を受け流してほほえむ
髪をかけた手先と耳朶（みみたぶ）が
まぶしくて目が眩む
水にまかせて扇をひろげ
朱に染まった白がゆれる

熱は溶けていくのに

焦らないよね
キン　とビードロの単音
うつわか　それとも
氷のなくなる余韻
流れができあがった合図のよう、
遠のいていく

ストローですする音
セミの声
ひとつずつとりこぼして
ふやけて聴こえなくなって
ふにふにとごきげんな頬だけ
やけに鮮明におどる
ずっと、年上だと思ってた
もう、年下かもしれないね

なかなか汗がひかないなら
はじめからぜんぶ帰り道だった

水草みたいに繋がれない
心もとない笹の小舟が
いつまでも浮かんでいられるとは
おもってないけれど。
声の届くところにいるうちは
小さな喉のふるえが
空気をつたって
水をつついて
小舟をくすぐる
金魚であって

秋はatmosphereと笑って

くるぶしのむずかしいかたちのことを考えて
秋を黙認していたことに気づく
上着のちょうどいいのがない
今年はキャンプにだって行きたかったのに
九歳のころ
走り疲れた仔ぶたたちが牧場のひなたで満足そうに眠るのをみたそのときから
忘れものばかりする

ポストを開けると知らない人からの封筒があって

料金別納郵便だった
その下にも知らない人からの封筒があり
結婚式の招待状だ
春野さんがあのきれいな字で秋山さんに変わっていて
森の妖精みたいで
もうわたしにはない景色ばかりなんだろう

紅茶を飲むことにすると
新しく革靴が欲しくなる
ほんとうに欲しいのはそれが似合う自分で
似合い方を教わらなかっただけだ
ああそうだ以前
絵画の女に恋をした友達がいた
『幸福』というタイトルで
顔のぼやけた女のいるあかるい風景画だった

きみはほんとうはただ幸福が好きなだけなのだと
思ったけれど言ったことはなかった
こんなにも人が
倒れやすいのはどうして

どこに行こうか考えることですら悪いことのように思えるとき
いつもの店に行ってみる
心をあずけてよく通ったものだ
店には小さなアップライトがあり
いたずらが許されそうになると赤い実のついた枝を咥えて寄ってくる猫がいて
正確にはその店が出てくる物語を好きになった
日記のはかどる気温になると
店の名前よりも猫の名前をよく覚えている

文字を追うたびに沈黙してしまう人の

ふたつめの精神のようなすすき畑が風を好むと
即興の気分は音程をふたつはずしていった
風靡（ふうび）
そして atmosphere と笑う
表記の届かないところに
原生の鼻歌がゆれる

F

仮説：声よりも発音がやさしい彼は、喉に白くじゃくを飼っていた。あまりに正確な心音をもって産まれた彼は、寝息さえ架空を帯びたことがなく、夢の中には存在し得ないひとだった。他者よりも毎夜少しだけ深く死後を重ねたからか、真珠の虹を蝶に伝えた直後に、空気中の死角が一瞬だけ無意味に揺れたのを見た。そしてそのときオパールが赤子のように笑った罪を彼は隠匿した。以来、彼はすべての発語をやめた。秘密をもつなら、一輪車よりも簡単にして。（以下、F。）

無声になると生活には、静物画のように思考が巡ってしまう。ないしょばなしの、手相。Fはとおる風に向けて微笑をなびかせ、散歩のはじめに四歩省略する。

空白、空白、靴模様。

空気、空気、靴模様。

それは帽子よりもさりげない、天候への礼儀の表し方だった。そうして川を、促す目をする。写意。いつも無遠慮に片想いされる空が、最もかなしい反射を返したところで橋を渡って。杖の曲がり角よりも、傘が、好きで。天気予報に関係なく、傘を広げる気分という機嫌がFにはあった。

鳴らさずに置いておいても、楽器は海に敬虔だった。ちいさなピアノ教室の前を通るときなどは特に、Fは涙に傘をさすようなところがあって、伏し目がちが一番あかるいまぶたに、琥珀糖、が、似合う。優しければ嘘も、透きとおることができるのです。Fの沈黙は不覚なうたとなり、それでもなお守秘として。世界が忘れ終えたうただから、偶然聴いた鳥居や少女や魚たちがいたら、はじめて聴いた気がしないと言ってよく褒める。そうしてうたを追想しようとすると言外へ、逃げおおせて。うたはFの無口だった、健康的な病だ。それでよかった。

風に、沈黙が揺れること。嘘は光を通すこと。嘘の割合を、風が抱えてゆく。花を散らす手つき。夜になる映画を見て、悲哀か歓喜かも区別しようのない感動に遭遇した日、Fは広すぎるものを案じた。ただひとりになりたい海は、空は、どうしたらいいというのだろう、いつもあふれかえって。叶わない無限のような広さに向けて、Fが引力の弦をひとつ鳴らす。ひっそりとふくらんでいる宙のなかで、Fは変わらぬ自身の容積に自覚的だった。星だった、地球だったことがある原石、そんなF。

「思い出すために忘れて。」、そういう距離がある。

初出一覧

ひみつの丘があったこと　「ユリイカ」二〇二三年一月号

エニィ・エニィ　「現代詩手帖」二〇二三年五月号

日々が目覚めると　「蜜」創刊号、二〇二三年五月

色えらび　「ユリイカ」二〇二三年一月号

きょりごと　「蜜」創刊号、二〇二三年五月

小川芙由　おがわ・あおい
一九九四年うまれ。静岡県出身。二〇二三年の「ユリイカの新人」に選出される。
ロールケーキはロールにしたがって外側から食べ進める派。

色えらび　lux poetica ②

著者
小川芙由

発行者
小田啓之

発行所
株式会社思潮社

〒一六二－〇八四二　東京都新宿区市谷砂土原町三－十五
電話〇三（五八〇五）七五〇一（営業）
〇三（三二六七）八一四一（編集）

印刷・製本
創栄図書印刷株式会社

発行日
二〇二三年十一月三十日　第一刷　二〇二三年十二月三十一日　第二刷